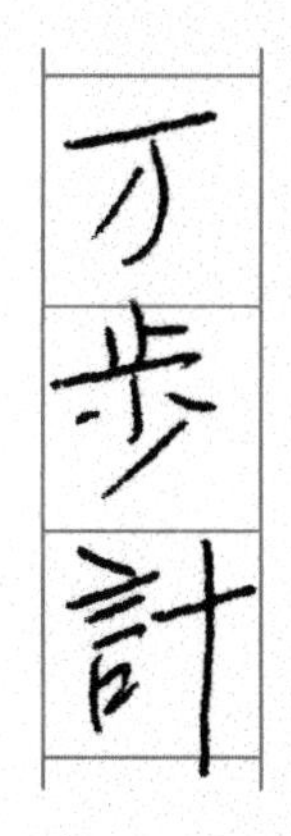

万歩計

川柳1000句集

清水あつ恵

砂子屋書房

目次

題字・挿画　清水あつ恵

万歩計

川柳1000句集

はじめに

母・清水あつ恵（本名・敦江）が亡くなって、早や十年が過ぎました。生前、川柳を趣味としていることは知っていましたが、数年前、遺品整理の最後に掲載誌を読み返していて心に感じるものがあり、遅まきながら形として残したいと思い立ちました。

母は句作に最も励んでいた六十代のころ、背中の圧迫骨折で体が不自由になり、リハビリも兼ねて近所の仲間とウォーキングをするようになりました。母はこの突然の災難を、精神的には川柳の句作で、身体的にはウォーキングの努力で乗り切ったといえるのかもしれません。本書にはそのことを題材にした句が多くあります。晩年、母に頼まれて市の地図を買いました。随分熱心に見ていましたが、今から思えば、懸命に歩いていたころの、かつての街並みをたどっていたのでしょう。

タイトルは、愛用していた万歩計（歩数計）にちなんだものです。

また、母には絵を描く趣味もあり、それをテーマにした句も詠んでいます。本書の挿画（絵はがき）でも、その一端を知ることができます。

出版にあたり、ご協力いただいた各団体、そして多くの皆さまに深く感謝申し上げます。

令和四年十二月

清水賢治

小さな庭

小さな庭なのに、アンズ、カリン、ミカン、ユズ、柿、スモモ、キンカンが大きな木になってしまった。

小さな庭なのに、行く先々に草が生えてしまった。何の花の種子かわからない。

ぬかずにいたら、それとわかる去年の花だ。アサガオ、コスモスの芽が出ている。

可愛いからそのままにしておいたら、足のふみ場もない程茂った。

行く先々に草が生えている。ちょっとぬき出したら一時間、二時間とすぐ過ぎてしまう。
でも可愛い花が咲いてくれるので、せっせと草をぬこう。

（未発表・平成六年ごろ）

風向きが変るまで

昭和五十年〜五十三年

おせっかい出して東奔西走す

ほどほどにやいてもみたいおせっかい

忘れてはならぬ電話の声の主

川柳の醍醐味教え父は逝く

恩人に季節の見舞念を入れ

合理化に徹しぽんぽん捨てる無駄

新製品無駄な操作で高く売り

外されぬ背中のチャック汗をかき

人の道外れぬ様にと祈る母

酒の席ちょっと外して詫びを入れ

不況にもめげず旅立つ若夫婦

十五夜の月はやっぱり詩（うた）になる

歯にしみる白菜漬のうまいこと
風除けの場所をさがして菊を置く
焼芋屋匂いを風にのせて来る
いたずらな風は晴着の裾をはね
風向きが変るまで待つ願いごと
みそかそば母の味入れすする幸

母と娘は役割きめて暮の街

柏手は新年福の音が冴え

晴着着てしとやか娘松の内

イヤリングゆれて若やぐ松の内

口紅をピンクに変えて妻はしゃぐ

たまさかの化粧顔中こわばらす

化粧などいらぬ若さがうらやまし

美しく老いて生きたい身だしなみ

郵便受雪をはらって待つ便り

辻地蔵雪の帽子もご愛嬌

人生の坂いたわりつ老夫婦

ゆずられた席暖かく老の幸

職業に結びつかない髭の主

新聞紙アマチュア手品水がもれ

父さんの雷落ちてけりがつき

新聞にのる程はでな事出来ず

投書欄私と同じ腹をたて

雷が落ちてわんぱく小僧散り

山彦はあなたあなたと言うばかり

メガホンで呼び込む程に客は来ず

ここ三とせ川柳調で気も若く

順番にマイクが廻るバスの旅

長生きのわが家の歴史守る母

押売りが素通りをしてほっとする

わが家には石橋たたく人が居り
塗り替えた壁にわが家が若返り
次次に巣立ってわが家広くなり
歩道橋早ようお出でと孫得意
先ず腰をたたきそれから歩道橋
褒められた鼻自画像は低く描き

水槽の金魚値うちをすぐ聞かれ

夏ばてにふところ寒く鰻食う

釣れすぎた魚のしまつ妻疲れ

老い込みをおそれ出好きを良しとする

田舎から着いた茸で義理がすみ

愛嬌のある掛け声に皆笑う

自転車の荷物かたこと鳴りやまず
小荷物の中身ことこと栗らしい
お荷物になってはならぬ老いの旅
がやがやといも掘り観光秋深し
海渡る友再婚をうれしという
お言葉に甘え郵送にて贈る

玉の汗とうとう話もち出せず
トラになりママさん散髪出来あがり
目的があるらし末っ子の散歩
澄む精神(こころ)常に描けと師は教え
にぎやかなお客晴れ間の忘れもの
望まれて嫁ぎ起伏の皺も増え

豆剣士竹刀かついで霜の朝

ファイトだけあってもきつい登り坂

手を取って登る坂道老夫婦

歩くことなんとうれしい快方期

美しく歩くモデルをまねてみる

まとまった底には深いわけがある

紅一輪弁財天は艶を添え

持ってます小銭の財布振って見せ

今年から財布あずかる嫁の意気

お財布をあずかる母の太っ腹

気も楽に財布あずけて母の旅

正直に言うても母は又叱り

正直にはいと言われて二の句出ず

正直に話す幼な子眼がきれい

正直に過去を話した人静か

茶柱にほっと旅路の子を想う

無事着の報らせに母は箸をとる

春雷に急ぎの用事思い出し

春雷に少し遅れたバスが来る
メロディーをうつらうつらと夢の中
老眼はたどる活字に眠くなり
聞いたこと胸三寸にとどめおき
花びらが舞うよう蝶のもつれ合い
雰囲気に釣られ続けた我が成果

土産物温泉マーク派手に入り

茶をすする手に草の香の残りおり

今日もまた素通りできぬ孫の顔

孫の守苦手と祖母の気が若い

バス旅行苦手のマイク声細り

唯今の声に不安は何処へやら

表札に横文字入れた赤い屋根

表札の位置がきまらず妻を呼び

鉢植えの松引越しの置土産

出ついでにハイビスカスの鉢を買う

ほおずきの鉢色づきが楽しまれ

日帰りときまり留守居もにぎり飯

掛け声も勇まし朝の魚市場
掛け声の勇ましい人先にばて

ふかふかに干した布団に小さい幸
お布団を一枚足した初秋冷え

家中の布団を干して満ち足りる
お布団も干して客待つ準備出来

助っ人に助っ人がいるおばあちゃん
助っ人に行った田圃は上の出来
気休めに始めた趣味に希望沸く
気休めと思えぬ友の筆さばき
気休めに持った絵筆が捨てきれず
縁日の迷子はきはき現代っ子

下手な字で出す賀状にある値打ち

散歩する孫は小犬を供に連れ

贈物種もつき果て思案顔

表札は夫が書いた見なれた字

忠節の二字に冷たい文化人

派手なこと出来ずとうとう老い込みて

緊張をすればする程字が震え

初釜に着て行く晴着リハーサル

しつけとる和服のうれし初釜に

涼しさにひかれて参加読書会

久し振りピアノをひきに里帰り

母さんの方が熱心ピアノ塾

仕立屋の名残とどめる格子の戸
仕立屋に頼む程でもない浴衣
黙々と歩む観光馬車満員
若武者のように馬上の老紳士
絵馬堂の馬夫々に天を駈け
観光の馬方明治生れとか

年寄りの出番手作り講習会

囲炉裏端昔話を語り継ぎ

しきたりは昔通りに豆を播き

片目だけ入れて合格待つダルマ

回覧板風邪の子がいて縁に置く

ここだけはしっかり打ってほしい釘

釘一つ打つにはおしい壁ばかり

浮かれてる姿カメラにおさめられ

カレンダー約束の日に丸をつけ

約束の小包届く鯉のぼり

約束の浴衣仕上り柿若葉

句作りにあせりくじけたこの一年

若返りジーパン姿悦に入る
おみくじを若い二人は一つひき
気心が知れて弱気をさとされる
弱い腰いたわりながら草むしり
弱い足きたえる散歩友が出来
念のため眼鏡をかけて見る値段

小言聞く母の快復安堵する

子沢山小声で話す事は稀

形見分け指輪に思う母のこと

老いた手に光る指輪をいとおしむ

心地よい余韻を耳に受話器置く

秋晴れを家中で来る菊花展

秋晴れに布団を叩く音しきり

極楽へみんな行き度く法話聞く

黒仔猫もつれ遊ぶ毬に似て

恵まれたチャンスが結ぶ四十年

チャンスだと着たセーターの気はずかし

幾つものチャンス逃してまだ独り

花柄の炬燵布団に老夫婦

趣味に生きちっとも売れない絵がたまり

子つばめは大口あいて餌をもらい

子つばめに遠慮しながら雨戸繰る

巣作りに今年もつばめ訪れる

生きがいの川柳（うた）

昭和五十四年〜五十八年

叱る子も育ち円満老夫婦

未年何に賭けよか老いた鞭

頬つたう涙円満解決し

円満のサンプルが行く行楽地

咲く梅に入試もバスのよい便り

アンズ咲く早や楽しみな果酒づくり

ひと花を咲かせて消える流行歌

文楽の頭一振り夜叉となり

バーゲンへ皆とんで行くビラがきき

補聴器を贈り母娘の久し振り

老齢の母にいいことだけ知らせ

何となくかじった句作まだ続く

句作りに仲間の話よく通じ

雨だれは祭ばやしのリズム感

雨だれに傘さしかけて客送る

お手軽と聞いた程でもない料理

ご自慢は手軽に出来るピックルス

バス待つ間パラソルそっと差しかける

満ち足りた顔を並べて雑魚寝する

雑草に追回されて夏盛り

蝶を追う子にはらはらと花の苗

安物のブラウスにある好きな色

人情が手押車の後を押し

メンバーの中に泣き虫おこり虫

女物下段に干してつつましい

タイミングよく折込んだ手前みそ

ほどほどにとぼけて話す手前みそ

叱られて又舌を出し叱られる

白鳥が降りた田畑も語り草

二次会の分は酔わずにとっておき

大正は遊ぶこと下手毛糸編む

店頭の塩ざけ空を見てなげき

ロマンスも無名同志にひそと咲き

猫舌がお世辞を言って茶をすすり

アイシャドーニュースになる人ならぬ人

オートバイ小石をはねて知らぬ顔

千円の癖代とられた靴の底

頼りない予報に虹の贈り物

吹き荒れる最中槌の音たてて

秋彼岸隣りのお墓も同じ花

しまったと安物買いのけち心

上底(あげぞこ)をまた摑まされ悔しがり

年新た並んで写す老夫婦

内祝い配る順序に重ね持ち

出ばやしに乗って出て来て早や笑い

気前よくネーブル買った月給日

母さんの居るところみかん置いてある

もどかしくみかんむく手の愛らしさ

そろそろとみかんに飽きて春近い

春風が祝い合格運んで来

駆けつけるリズムもはずむ孫誕生

また孫が生まれあたふた駈けつける

なーるほど花よりダンゴ踊り振り

早や五年皆息災の五駄の会

参観日親の期待を背に受ける

ボーナスは期待外れで扇子買う

きゅうり苗つるをのばして手こずらせ

好きだから植えた白桃枝たわわ

逢いに来て別れがかなし母米寿

逢えるかも知れず自転車風を切り

散歩道いつもの人に逢う時間
そば通の様な顔して縄のれん
そばがきも主人に習う故里の味
母さんと云えば手打のそばの味
変身をしたく見にゆくファッションショウ
真実の愛のサンプル共白髪

ご馳走はなくも楽しい水入らず

足まめを買われていつも忙しい

一句出来タバコの煙の中にいる

まず水がいいと豆腐の味をほめ

手花火はバケツの水にジュジュと落ち

合の手を頼まれて気が落ちつかず

頼むだけ頼んであとは知らん顔
親展の封書うれしい頼みごと
お手頃と言われ正札たしかめる
得をした様に手頃な品を買い
暮の街ちらしあちこち踏まれおり
帽子店よそ行き顔で一寸かぶり

それとなく惚気て話す手前みそ

地震より親父が怖い下宿の子

トンネルを出れば眩い雪景色

老いの悟り雷抱いてまだ健在

火の用心柱の標語うすくなり

同い年生活違ふ顔の相

実直な親父此頃落語づき

再会の喜びテレビに貰い泣き

値切られてよい正札が風にゆれ

ほめられて又若返る初入選

マイペース怒ることなく無事息災

聞く耳は持たぬと補聴器さらり逃げ

楽しみが二つある月髪を染め

収穫の薯に小菊を添えてあげ

ファンから花束もらいポーズとる

胃袋は赤信号の三ヶ日

胃カメラの証し明るくほっとする

弱いとこすぐに突かれるへぼ将棋

孫誕生暦の印一つふえ

気に入った暦を居間に掛けて置く

日めくりで孫は数字をよく覚え

おでん種寒風の中買いに行く

母よりの直伝おでん味噌の味

にわとりの声も寒さにふるえてる

カラオケで先づまず平和又明日

流し唄辛苦十年晴れ姿

子等巣立ち流しはいつも乾きがち

どん底を知ってる友は物言わず

野仏の御座(おわ)すところで一休み

野仏に手合わす子と気づかぬ子

野仏にさくらのしとね春うれし

生きがいの川柳（うた）よみつづけ旅立たる

平凡を望みスターの座をおりる

よい星のもとで悟りのきのう今日

新妻のペースで走るハワイ行き

新婚の表札まぶしお玄関

初月給中味知ってて当てにせず

初サラリー学生気分使いすぎ

サラリーをおし戴いて封をあけ

原因を知っているからなお辛い

辛いこと我慢で今日の地位を得る

辛いこと一目でわかる親の勘

早や還暦新婚写真赤くやけ

品切れと聞いて益ますほしくなり

在庫品少ないからとＰＲ

安売りに早や品切れの札が出る

台風にビニール袋役にたち

夕立にイモの葉っぱは傘になり

ゴメンナサイ幼児が詫びるあどけなさ

図星だと目出度い話花が咲く

澄む水の流れに添って草ゆれる

五分咲きを睨んで一句ひねり出し

居眠りに馴れて通勤一時間

捨て猫が馴れてわが家の顔となる

嘱託になってネクタイ地味に締め

知らん顔するのも辛い孫の守

凧上げる父さんの背中笑ってる

習うより馴れと珠算の玉はじく

神様をはじめて拝む受験の子

そろそろと蜜柑に飽きて春近し

巣立つ子へ母の心配また一つ

供養料いくらにしようたま祭

大丈夫前みつとった千代の富士

庭の菊たをりて墓に秋彼岸

老の旅いたわりの心睦まじく

アルバムに兄が着ている僕の服

おばあさん言われてハッと腰伸ばす

変身の眼鏡が笑う秋日和

法話聞く信徒輝く眼の光

重ね着の季節押せ押せバイトあり

重ね着の母に話せず帰路につく

お宝を大事にしまう孫の箱

売上手お似合いですよ羽織わされ

お似合いと言われ見かわす老夫婦

菊苗に真っ直ぐな竹立ててやり

売り切れでがっかり同志愚痴こぼす

西陣の帯に母の香残り居り

メンバーに若き友得て若返る

美しい食事のマナー箸持つ手
幼な名で言われ白髪思い出し
白髪の似合うお人にあこがれる
痩せ我慢なんですのと意見され
切ることの出来ぬ絆の重さ堪え
太い腕自慢の兄にぶらさがり

網棚へ助けてもらった太い腕

母老いてしみじみ語る子等のこと

良き友としみじみ語る幸にいる

父さんの長所で短所几帳面

自動ドア閉まるまで待つ几帳面

お互いに年に似合った柄選ぶ

柔らかな京の訛りで座が和む

美しい落葉名所の土産とす

近代化進み名所も形変え

澄む心もう濁すまい老いて今

三冊の通帳前に知恵も出ず

義務だからさっぱり払い慾を捨て

重ね着を一枚ぬいで梅便り

部隊会ネクタイ新調して出かけ

売り切れて財布の口は締めたまま

曇り後雨で誤解が流される

男の子巣立ってわが家広くなり

笹竹に欲ばりばかりぶら下り

瘦我慢しびれて立てばつんのめり

終盤の花火大会ナイヤガラ

にらめっこしみじみ眺める顔のしわ

新酒より酒粕を買う甘党派

定年期互いにふれず茶をすすり

磨くこと久し私のハイヒール

磨かれた家具に主のお人柄

柿実りうれしい筈が二人老い

実る秋野鳥可愛く庭に舞う

趣味一つストレス溜るひまがない

声出して笑い不満を吹き飛ばし

新暦で祝い旧正でまた祝い

自画像の皺にこだわる年になり

賽銭の音たしかめて手を合わす

物により二番煎じも良いお味

老いて今二番煎じに甘んじる

市場かご手押車に変えて老い

いつの間か古参になって描きつづけ

カラオケのマイク最初は古参から

多趣味持ちどこに行っても古参組

ご利益を絵馬に托して信じおり

クーラーに風鈴の役一休み

よい事がありそうな予感あたりそう

玄関の花をかえた日不意の客

子が巣立ち部屋広々と皆静か

退院を祝ってくれた部屋の人

揃ってる夫婦茶碗に懐古談

揃いぶみ力士闘志を秘めながら

入選を嬉しく聞いて汗を拭く

遠泳に参加喜ぶ努力の子

いささかの恥らい持って絵馬を買い

風鈴の止む間に遠く笛太鼓

床あげに風鈴の位置少し変え

風鈴の音にいつの間か夢の中

偶然に出会い散歩の道を変え

偶然の一致うれしく肩を抱く

偶然はよいことだけを望みたい
偶然でしょうと話の腰折られ
偶然の出会いにあたりはばからず
財産と言えば主は蔵書指す
財産の一つ指輪は母のもの
ゆずられた席乗り換えが気にかかり

乗り換えて又乗り換えて孫に会う

世話女房空気の様で役に立ち

世話好きが続く限りは母老いず

鈴虫の鳴く玄関をそっと出る

困ってるマイクへやさし助け船

助かった子等のニュースに安堵する

和紙の味はり絵にかける友の趣味

赤とんぼ憩いの場所か竹の先

竹箒今日は買おうと落ち葉踏む

仲良しもライバルとなる運動会

喧嘩して後味悪い日の孤独

大寒に毛糸編む手はあせり出し

柿派手に実り野鳥の名をおぼえ

柿実る子等は巣立って老二人

布子着て暦の春は身にしみる

ゆずられた席の隣りに咳の人

アルバムに笑顔残して核家族

横長の趣味の切手を縦にはり

定期券欠伸の前を通りすぎ

居間に来る父は欠伸に節をつけ

母の座は茶の間テレビに菓子もあり

絵馬二つ線香煙る地蔵尊

盆踊り姉さん被り髭の人

食事時廻り道してお訪ねし

ウグイスの姿追う

昭和五十九年〜六十三年

添え書に老母も元気と年賀状

血圧計正常位置に来て止まり

兄弟に独身貴族一人居り

若い気で美容体操あきれられ

山守る会も悲しい鹿の餌

五十年やっとわかった老いのこと

五十年本音建前使い分け
連れそってあと一息の五十年

コルセットはずす自信のないままに
ほめられて自信がついた子の寝顔
自信つく様に先生ほめてくれ
肌荒れにシワものびよとマッサージ

キャンセルの切符重たい腰をあげ

六十才終点切符まだ買わぬ

そろそろと停年顔になる不思議

お見舞い状何と書こうか迷う筆

落書きのピカソに似てるなと思う

書き留めておけばよかったお名前を

勇ましい声もとぎれる登り坂

枕元楽しさつめたリュックサック

選ばれた絵に幸せと描いてある

言い訳を言わずきっぱり負けにする

物識りの机情報用語典

立話物識りだから長くなり

インタビュー老母の訛り謎を解く

白木蓮ほめて馳走のお茶もほめ

眠られぬ夜にと手近に梅酒置く

大花火スターマインで幕を閉じ

万博の開幕せまるリハーサル

旅のこと土産を開き語り出す

穏やかな老いの日日には嘘がない

おだやかな立ち振舞も年の功

幸運も手助けくれた試験の日

ハイハイと本音たてまえまづ平和

カマキリが怖い顔して秋深し

シーレーン夫に聞くのも残念で

髪型を変えたパーマに夫は照れ

スーパーの安売広告丸をつけ

終点にまだまだ遠い汽車に乗り

豊かさの裏で資源のない弱さ

摩擦とはマッチが浮ぶ昔もの

海まぶし肩身のせまい白い肌

プライドがあり言いわけはしない意地
中年になっていい顔つくる人
知床の岬に行って見たくなり
廊下まではみ出す家財古世帯
新春の和服廊下で足をなで
突然に身をかわされて知恵も出ず

探すだけ探して見たと届け出す

返礼の言葉を探すあわて振り

探しものやっぱり前の箱の中

白頭鳥（ひよどり）の群急降下鷹をまく

うな重ときめてのれんをくぐる足

うかつにも中年いつか走り去る

十年も續いてうれしい老眼鏡

母親もお客となって子を訪ね

不意の客先ずは新茶でおもてなし

客を待つ間に一寸紅をさし

久し振りお客となって肩がこり

親の背を見せて躾ることもある

うきうきと足も軽やか阿波踊り

へそくりにうきうきしてる私だけ

小包の役目大切子との距離

楽焼きの茶碗愛蔵品に母

早朝の散歩トレパン派手な色

何のその入試突破はあと気迫

母さんの口癖早くしなさいよ

口出しをして後悔の日が暮れる

展覧会美術の秋はくたびれる

しぶ柿も色美しく鳥を呼ぶ

留守番を受けていそいそ外出着

老いの身が必要だった落葉掃き

思い出に花を咲かせて長電話

一枚の絵に思い出がよみがえり

柿多く熟柿になれどわれは老い

バーゲンは目の毒財布軽く持つ

宙返り一度はしたい奴凧

生きてます柳画いきいき語りかけ

三階の鬼が来たらし風邪を引き

老いぼれてわれれ軍縮も知らぬ顔

冷蔵庫開けて思案の不意の客

連休にとって置きたいこの天気

鯉幟り腹いっぱいにほしい風

打上げの花火見物氷水

炭坑節これだけ踊れ列に入り

うきうきとお芝居行って肩がこり

敬老会欠に丸つけ意地っ張り

はずみ足成人病は寄りつかず

髪染めて散歩の足も軽やかに

無口でも父の代理をして帰る

無口な子精いっぱいのご挨拶

たまさかに茶の間をわかす無口な子

芸術品松竹梅の菓子を買う

大好きな和菓子息子も心得る

七五三晴れ着にうれし親子連れ

臍繰りで買えぬ衣裳の前に立つ

移り香もなつかし母のセル単衣

今朝も又自画像前に化粧する

返事してなかなか上げぬ重い腰

名を呼べばハイと答える孫可愛

足腰を庇う頼りのコルセット

頼られて母さん若さとり戻し

同窓会お国訛りを持ち帰り

教室の眠む気をさます国訛り

花嫁の気持落ちつく国訛り

目的の駅そろそろと国訛り

絵画展ゆとりひとときありがたし

子等巣立ちゆとりが出来て我れ老いぬ

ゆとりある時間が出来て腕にぶる

好ききらいあるけど薬だけにない

クスリより歩け歩けと万歩計

クスリより効く母さんのほめ言葉

形見分け母の愛用腕時計

虎の子の一つは母の形見わけ

皿の数ふやし待ってる祝い事

大皿もきれいにはけて客帰る

朝々に眺める鏡曇りなく

小遣いを無駄に使った祭の日

ストレスが溜まることない無駄話

湯煙に温泉玉子夢を売る

初任給母へ苦労のプレゼント

イミテーション若さでカバーうらやまし

高麗川も新河岸川も絵に残し

不老川夕べの雨に鯉泳ぐ

木犀の匂う川辺の家静か

欠伸して番茶をすする秋夜長

玄関で話がはずむ妻の客

玄関を小さく開けてお断わり

ジョギングの靴玄関に仲間入り

片手鍋ばかり並んだ新世帯

賛成に迷う帰島に山静か

お達者と励ましうける老年期

励ましも老若男女使い分け

突然にストレス飛んだ入選画

屠蘇をつぐ私の手の皺子が見てる

今日は無事無口の主に茶を給う

アルバムに私の青春笑ってる

言い聞かす住めば都と荷をつくる

餌箱が呼んだ野鳥に芽を食われ

派手やかに咲く八重桜春なごり

入梅も覚悟旅行の日どりきめ

母の手に似てきた形見の腕時計

夜明け待つ小鳥に似てるわが思い

遠花火暫くおいて音が着き

この人も温泉からの袋さげ

あの顔もこの顔も皆お下げ髪

夫の声聞いて決った大掃除

七五調少しはずれたユーモアー

回復期踊りたくなる春日和

母逝って冥福祈ることで詫び

祈るだけ祈ってあとは運を待つ

ほほえみの五百羅漢に手を合わせ

クリスマスその日は十字切る祈り

灯台の守りきびしく夜明け待つ

芭蕉の句思い出します伊良湖崎

額縁の中の灯台波静か

七夕の様に赤札風にゆれ

ふくらみが目立ち育児書岩田帯

紙風船ひと息毎に丸くなり

胸元を少し豊かにして出かけ

万歩計今日は幾歩か数が増え

頑張っただけ正直な万歩計

家計簿の赤字を助けるチラシ見る

アドバイスあってキャンバス色の冴え

売り急ぐ品前列に並べられ

描くことも一心不乱ぼけ防止

雑音に負けない様に写経する

唯一つ光る指輪は母遺品

ユーモアが魅力あの人光ってる
素顔の美キラリと光るイヤリング
ライバルも別れに涙光ってた
追伸にちょっぴり聞いてほしいこと
追い風に歩幅大きく寒い朝
あっさりと値引きをされて拍子抜け

うまいねと喉をならした手打そば

ほおずきを鳴らして過ごす夫の留守

買いもせぬ当り番号読んでみる

退院と聞いて見舞いに駈けつける

窓の陽へ踊りたくなる快復期

ぐるぐると回っただけの特売場

ネクタイと一緒に写る大欠伸

記念樹が増えて我が庭花盛り

電車降りそっと蹴られたあとを見る

再会がまだ来ぬままに落ちつかず

空元気方向音痴のままでいる

撮り直す度にチーズを繰り返し

口八丁だけが残った楽隠居

亡き父母の句集お経の様に読み

汗拭いて今日のリハビリもう一歩

たわいない事にも明治手を叩く

まだ呆けていない証の血が騒ぐ

退屈の中で自慢を考える

セールスの言葉に乗ってアイシャドー

新しい自転車泥道さけて乗り

まじないが効いたか笑顔チチンプイ

初耳に出不精悔いること多い

子が去って部屋に残したマンドリン

母の書く日記を真似て五十年

一万歩一日の行無事終わる

行に似てつらい朝あり万歩計

道祖神自動車道で忘れられ

枕元合格通知うれしくて

春だ春枕詞は花ときめ

熱の子も笑顔を見せた水枕

捨てられずたまった箱に場所とられ
いつか又役に立つ箱積んで置く
大箱の中身気にするこわれもの
簡単な祝辞にほっとした拍手
出迎えに土産袋で合図する
中身より祝儀袋が立派すぎ

亡き母のビーズのバッグ捨てられず

年寄のお知恵拝借杏ジャム

悪知恵に先を越された落とし穴

知恵の輪に肩をこらした留守居番

雛壇に手作り人形大威張り

デパートの人形が行く宮の森

悪童と言われた人が幹事さん

千代の富士塩まく容姿威厳あり

一塩の干物魚のうまい膳

塩加減料理の味の別れ道

おとぼけも出来ず気付いた早とちり

早とちりされて困った受け答え

なつメロはやっぱり古い歌手がいい

老いたなとなつメロ歌う歌手の背な

なつメロを歌う自信のマイク位置

なつメロと結びつく青春（はる）子は知らぬ

一口の水を含んで話次ぐ

済まぬことしたと植木に水をやり

洗濯機雨に合わせて休業日

雨降りをいいことにして怠け癖

帰省して又母さんのお節介

胸の内まだ切り出さぬ帰省の子

そわそわと帰省の子を待つうれしい日

宮の森健やかな子等七五三

健やかに育った孫は親自慢

何よりの自慢元気な孫を連れ

牡丹餅が出た母さんの誕生日

何もかも甘い甘いの新家庭

近道をしたらし雪の朝の庭

春の靴よい足跡を残そうか

静の茶を動のダンスに変えた母

稽古事親の願いを子に託し

飽食の世はバナナなど振り向かず

軍人に嫁し農業とサラリーマン

老いてなおにぎやかが好き初詣

ごもっとも代理は下戸である値うち

初耳と少女時代を深くゆく

予期しない年賀の客に熨斗袋

新人類さっぱりわからぬ事を云い

大切にされてごねてる楽隠居

炬燵から出てウグイスの姿追う

ハイチーズ作り笑いも花の下

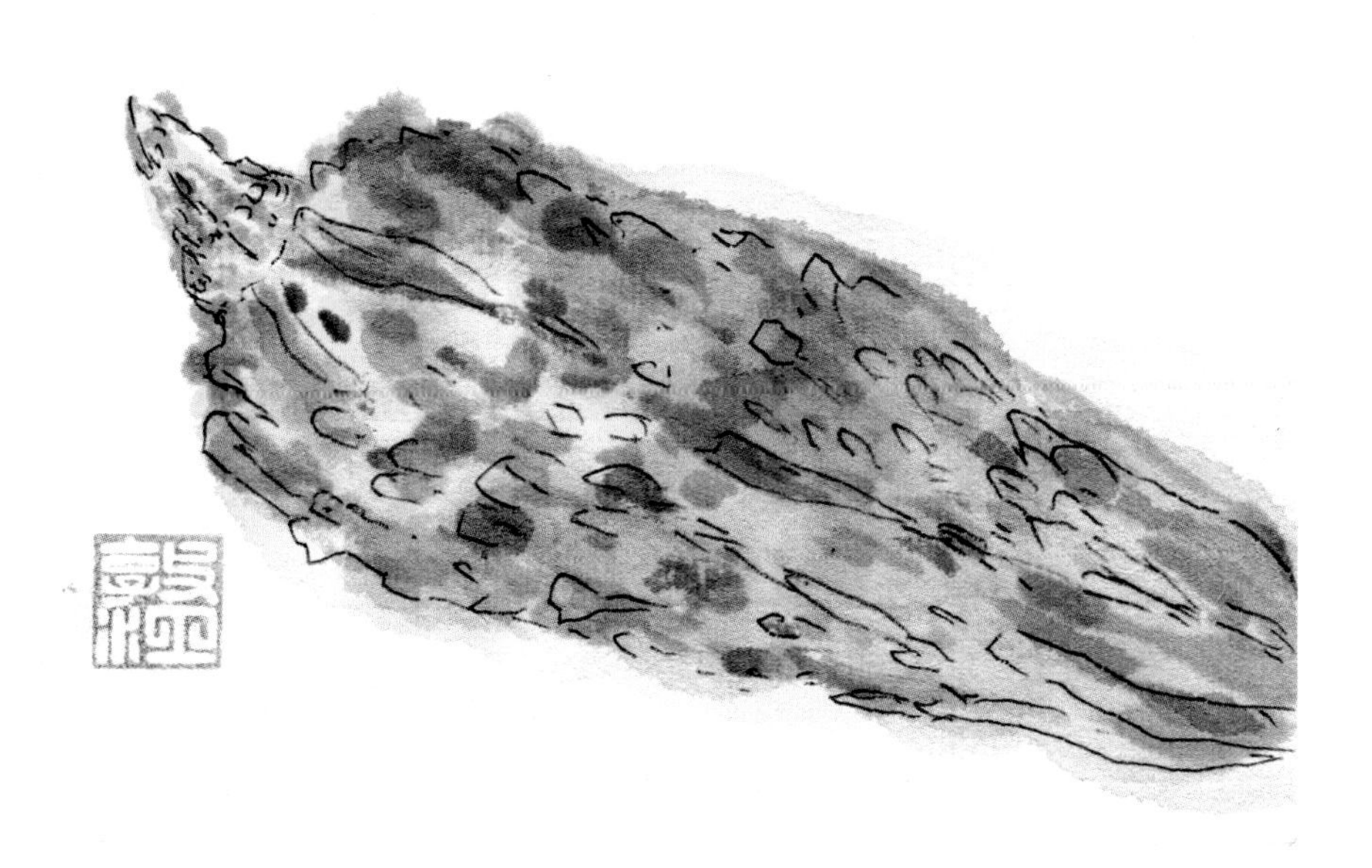

折を見て話そう唯今入院中
春よまだ待って私は風邪だから
深々と腰を沈める家具売場
母さんを呼んで物干し位置をきめ
野心などないと寂しいことを云い
甘党もつられて入るビヤホール

水ばかり飲んでてメニュー決まらない
相槌を打って退屈まぎらわせ
俄か雨自動ドアーで照れ笑い

流れのままに生きる

平成元年〜五年

石橋をたたき少うし飛んでみる

飛んで来た小鳥赤い実食む早さ

飛び込んだうまい話にお茶がさめ

口添えに挙式も決まり忙しい

口添えを感謝し胸にしまい込み

追伸に母の口添え有がたし

五十肩話題になった日なたぼこ

人生の秋さしかかる五十肩

五十肩老眼鏡もかける年

達筆の返事に筆はままならず

とり敢えず無沙汰お詫びのペンをとる

長生きをしてねにほろりチョコ送る

長生きのお蔭平成御世(みよ)に生く

長生きの母割烹着よく似合う

バラ売りか続きにしようか皮算用

今日も又形見の時計ネジを巻く

リズムよし毛糸巻く手に猫戯れる

ネジ巻いて今日出発の靴を履く

誤解とけ鏡のぞいて外出す

着るものにこだわり出してから鏡

一金と書いて気張るか考える

気前よく買っての付けに消費税

母に似て来たと言われて齢重ね

似顔絵に母の面影孫みつけ

小商い流れのままに世を渡り

屋根からの流れをふさぐ樋に毬

とり戻す新河岸川のよき流れ

我を張らず流れのままに生きる齢

いよいよと覚悟を決めた注射針

初出演テレビの前は落ちつかず

いよいよと発表せまる矢のゆくえ

動くもの仔猫可愛いく右左

直球をねばって待ったホームラン

喜多院の案内を買い誇りとす

案内状もらって迷う老いの坂

夏ばても祭り太鼓で吹き飛ばし

生き甲斐を太鼓に托すすごい腕

保養地へみんな行かせて我れ天下

洗濯の板にも耐えた歴史あり

カンニング暗記するより骨が折れ

自画像の目もと口もと好きに変え

黄菊咲く垣根でほめた花一枝

ふれ合った手が一生を扶け合う

父と子のふれ合い風呂の湯気の中

予想する推理作者の思う壺

宝くじ予想的中皆はずれ

勇気出しマネキンの服試着する

コンパスが長い若さがうらやまし

いい人に逢って楽しい汽車に乗る

齢重ねまだまだ捨てぬ好奇心

定年のそれから真赤なバラが好き

梅便り着いて今年も恙ない

漫画家になりたかった子今詩人

注文の似顔絵みんな美人なり

毬一つ乗って流れぬ樋の水

カルチャーの若い仲間に励まされ

父母在りし故里の日々懐かしみ

グループ展我が作品を横目で見

未来とは冥土しかない敬老日

念入りの化粧主人とつり合わず

何時だ落語のユーモア忘れない

ずるいとは知るがいびきの先に寝る

芋掘りの列大きいの小さいの

化粧品セールス嫁の顔を呼び

海の詩譜面が霞む悲しくて

雪の道手打ちうどんが背に温い

登山靴主の出発待つ夕餉

三下り首だけ振っても出ぬ小節

踏むまいと避けて滑った水溜まり

何もかも面倒くさくて髪を切る

ペンダント母の形見は胸で揺れ

反応のないベルを押す二度三度

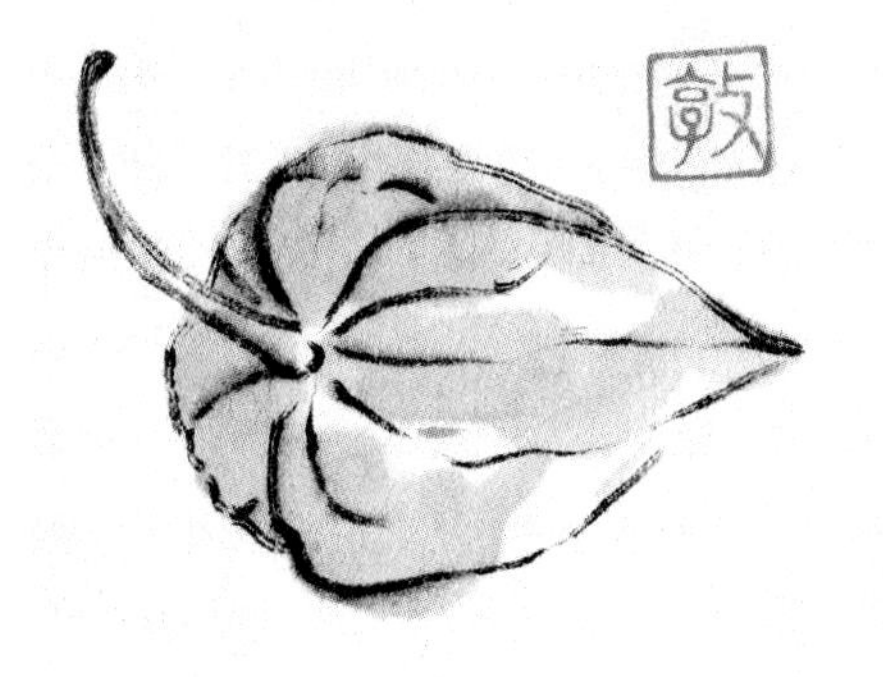

売れ残り忘れな草が好きで植え

齢なりの顔これでよし春の街

危なげもなく植木屋は枝を切る

狭くてもやっぱり我が家憩いの場

老眼鏡昔は夢を見たけれど

一缶のジュースを家路まで握り

大声で叱る若さも失せて古稀

星に聞く八十才から先の事

草ぬきに追われる日々も又楽し

髭面をよくよく見ればやさ男

ポスターに髭が生えてたある日朝

期待するいつも逢う道今朝は雨

若い気で歩く二人のサロンパス

トイレにも小菊を活けて日々平和

洗濯は自動に任せ観るテレビ

ホカロンを友に出て行く冬の朝

旅からの便りは家のことばかり

いねむりの父を笑った我れも老い

颯爽と仕事にはげむ夫の靴

中東の地図カタカナの国おぼえ

生き方の違い夫々（それぞれ）老人会

雑草は生き生き主少し病む

泣きながら迷子しっかり菓子握り

一流の店は素通りすると決め

カッコーの左右の声に朝を起き

弁当は終着駅に一人旅

草の山鎌見失う日暮れ時

動かして見た家具やっぱり元の位置

口程にたよりにならぬ草むしり

ひっそりと蝶の舞い居り留守かしら

自動ドアいらぬ物まで買って出る

怒ってる似顔絵もある参観日

自画像のどこかが違う自己弁護

乗り越えた今日の安らぎ離すまい

この旅行最後にかじる親の脛

よい友の在(おわ)す幸せうらやまし

舞い上る花火に合わせ首をふる

運勢欄ハハーンと読むがすぐ忘れ

影二つ何の話か月あかり

古稀をすぎ細身よく食べよく眠り

巨大ざめ作戦知って寄りつかず

先輩をいたわり過ぎて叱られる

前列になると間違う踊りの手

手拍子が打てぬと涙する老女

喜多院のシルバーガイドの声のはり

原点に戻り我が家は広くなり

頭数焼いも買った遠い冬

当人を知らぬ物まねチンプンカン

出欠をポストの前でやっときめ

セールスは約束してた顔でくる

空席の嬉しさ知った日から老い

目の届く場所へ置いとく忘れ物

百歳を見て大正は青二才

視野を変え横から少し見てみよう

出不精がたたり咄嗟に答え出ず

成る程と柳画に魅入るみんなの目

めざましに起こされ本音アア無情

二人居てコタツの一人舟をこぐ

雨宿り先客が居た猫二匹

母からの指輪もそっとはずす年

饒舌の空しさ眠れぬままに朝

古日記今年も同じこと笑う

浅いなべ選んで使う二人前

昂りにしばらく庭の花を見る

なる様になるしかならぬ世の習い

くじ運が弱いとなげくことはない

時たまにうぬぼれ鏡にひっかかり

ふるさとの新茶の香りまづ一番

命令が中々こないと足が言い

勝負事一切見ない人と居る

束の間は主婦を忘れる留守居番

遠くでも仲間とわかる歩き振り

真夜中の電話に子等のこと思う
今日も又サンマにしとき勉強会
すぐ波が消してしまった願い事
砂浜に足跡だけの風景画
鬼瓦にらみをきかす城下町
郵便も電話もこない日曜日

強歩

おはよう、おはようございます。
さあ強歩、５キロコース行きましょう。
皆んな若い若い、笑顔もかわいいの。
三人娘と云われてはりきってるの。
実を云うと、皆、大正生まれ、フフッ。

（未発表、昭和六十二年ごろ）

ヤッコラサ

平成六年〜十二年

敦

丸い背の影ついてくる夜明け前

米不足パン食党もさわぎ出し

列島の稲穂はピンと立ったまま

ハンチング似合ってすてきな紳士振り

ブルドッグ何で私に尾を振るの

あるじ老い柿豊作でなったまま

ほんの風邪ただそれだけで長話

義理一つすませのんびり茶をすする

殿方に聞きたい良い妻悪い妻

落葉ふむ猫片足をピリと振る

七十の年を忘れて服えらび

足音も荒く出て行く押売人

締め切り日まだ二日あり一と休み

いつまでも女性でありたい心意気

相槌をうってその場をきりぬける

まばたきも出来ず心を見透かされ

名刺だけ手元に残りはて誰か

喝采の花火を上げる野球場

空家かと言われぬ内に草退治

くつろいでほっと一息朝の風呂

万歩計暑さに負けて一休み

五十年清く正しく七転び

賞受けた子の喜びに長電話

かすれ声さけんで走る忘れもの

針のめどその都度都度に眼鏡かえ

西日差す席にかまわず腰おろす

目のつかれそれでも読みたい終りまで

思いきり鈴を鳴らした初詣

一応はアロエ・ドクダミ用意あり

あてにして日がな一日電話番

同情をしたばっかりにゴミ当番

若い気が他人はそうと見てくれず

ウォーキング雨に降られて破れ傘

古里で自給自足の知恵を知り

草ばかり目につき出した梅雨晴れ間

毎日が決意新たに朝歩き

水ボトルかぞえて通る朝の道

暗くなり少しおくらす集合所

駅を降りやっぱり空気違う里

新調の眼鏡で駅の時刻表

ほめられた柿もう一つ添えてあげ

年賀状書ける幸せ十二月

安売りの店に走って高くつき

スーパーでいつも会う人名を知らず

きっかけは花一輪をほめられて

いい人と友に言われたお世辞かな

鈴ならし入賞期待のお賽銭

晴天の期待はずれて言い訳し

万歩計さくら並木をあるき過ぎ

大正の娘三人花に酔い

手と足と口も動いて朝元気

暗算もせずぼんやりとレジ任せ

そっけない返事よみとる母の勘

捨てかねて又ひと夏のアッパッパ

夏祭り綿菓子そっとなめて見る

反対はやめて静かな日々にする

遺言状よきに計らえでは駄目か

髪形のカットで変えてらしくなる

年なんぞ忘れてしまう服選び

階段へちょっとご免と腰おろす

万歩計今日は疲れて休ませる

安住の場所この指にとまれよと

歩くとは生きてる証大丈夫

イエスノー決めてしまってほっとする

子の茶髪仕方がないと親遠慮

花作りよい遊び場と人は云う

万歩計よく動くよう腰を振り

聞きなれた足音風呂も沸いてます

物忘れ元の場所から思い出し

よい案をねって一年若くなり

申告に去年をさらけ一安心

帯付はやめてリュックにスニーカー

振り向くと取りそこなった草が呼ぶ

万歩計とて休みたい日もあると

絶対に自分はだめだと云はぬこと

この目盛我意に逆らうところ指し

欠伸して人にうつして立ち上り

回覧板サイン夫々(それぞれ)顔がある

一人置くことが心配塾へやり

物知りの友より先に答え出し

敬老会まだ上がいて安心し

元気でね母との別れ手の温み

丹精の花はみ仏お待ちかね

私のほんとのスポーツ庭仕事

豊作に今日も柿くい明日も柿

音頭とる友のお蔭と皆感謝

エプロンの姿に気取る八十才

一句まだ月をながめて祈る朝

腹よれる程に笑って涙ふき

気持ちだけ若い秘訣は好奇心

新築にどんなお人か気にかかる

おだてには乗らぬ様にと腰折られ

くり返しあかるいニュースの春を待つ

去年よりいくつか増した花見事

おたがいに憩いの場所で気をゆるし

亡き母の薫りの着物縫い変えて

敦

一段落土つけたまま座りこみ

正直な写真にガッカリする私

角がとれそれだけ人は丸くなり

がっちりと組んだ支柱に小さな実

空白のままで終った日記帳

年ごとに意地がなくなる歩の運び

朝風呂の気持ちがわかる庄助さん

茂る草負けてならじと鎌ふるい

お手お手にポチはそっぽを向いて出し

柔らかい布団で不覚朝寝坊

その味を電波で送ってほしいもの

冬帽子やっと仕上げて街に出る

かぶってはどれも似合わぬ特売場

ふつふつと闘志湧かして大掃除

自転車に風だけ残し先越され

走れ走れみんなで走れ野球帽

健康法威張っているが医者通い

申告の帰り足どり軽かった

一つ脱ぎ二つめを脱ぐ暖かさ

重い腰やおらと上げてヤッコラサ

うさばらし小さい庭が捨てどころ

料金がカチカチ増える無駄話

あの笑顔も一度会いたい話したい

仲良しの友とたのしいこの良い日

想像をめぐらし昔の人想う
気ばらしの旅も心を豊かにし
しきたりを守るならわしすてがたい
白髪ぞめ二十年程若く見せ
お隣りの米(べい)茄子見事ちらと見る
草茂りどうかしたかと友が来る

買物のメモを渡してひと寝入り

浮き沈み無いこと願う老年期

父帰る杖の合の手三拍子

予報晴れあの雲ではと傘を持ち

安全と言う程疑問先に立ち

逆立ちが出来ずとうとう年をとり

見るだけで満腹になる庭の柿
同伴で生き抜きましょう二千年
飼犬が立札にらんで通り過ぎ
気楽にも見えて厳しい万歩計
どちらかが我慢しろよと天の声
口車なかなか乗らぬお年寄り

行く前に土産考えくたびれる
留守らしい犬に挨拶して帰る

まだまだガンバリな

未発表句集

手の振りはあの人らしく盆踊り

集いして笑いの中にもお人柄

盆栽はうまいが我が髪まとまらず

耳うちの羅漢に聞き度いその話

手を合わす時は最後の神だのみ

なつかしいなまり飛び出す初笑い

若さをば保つ秘訣は五駄句会

丹精のバラ一輪に雨無情

笛太鼓夕餉の支度そそくさと

樽みこし知ってる顔が笑ってる

もう年と無邪気にふる舞う友が好き

腹立ちも無邪気な友でふき消され

へぼきゅうり鈴虫さんの役にたち

御無音(ごぶいん)を最初にわびる筆不精

一つへり二つへりするつるし柿

どろんこになったわりには小さき諸

現代っ子結べぬ帯で母を呼び

こりごりと口では云って目で笑い

他人ごと責任もなく聞いている

特売場他人の空似とまちがわれ

ハモニカが唯一の楽器の頃育つ

雪の日に足跡残し客帰る

話まだあるのに母は一人逝く

足あとを又踏んで帰る雪の道

朝風につりしのぶゆれいい気分

子等去りてぶらんこ小さく風にゆれ

裏裏と色紙折って奴さん

絵馬堂の絵馬が語るか古き御世

和服着てジーンズ恋しい松の内

年一つもらって無事に退院す

助け舟こぎ手の母はもういない

年老いて気楽が一番良い薬

作業着のよごれ亭主の労を知る

年一つやるかまだまだガンバリな

小ぢんまり生きて師走の忙しさ

辰年の祈念に三年日記買う

豊作の柿

去年、我家の柿は、見事にたくさんの実をつけた。
年寄りだけなので、あまり成っては困ると、ぜいたくな事を云っている。
木守りとして高いところは、鳥さんにあげるのに残した。
ある日、屋根塗りのペンキ屋さんが、残っていたよと柿を持って降りてきた。
アッ、鳥さんがおこるかもね。

（未発表・平成六年ごろ）

歩け歩け

川越　清水敦恵（73歳）

突然の痛みにおそわれました。圧迫骨折という病気です。一〇ヵ月の病院通いをしたある日、「今日から薬は出しません。牛乳をしっかり飲んで下さい」と医師から言われました。

まだ痛みは去りません。さあどうしようか。自分で歯をくいしばっても治してみよう、と始めたのが〝歩け歩け〟でした。リハビリです。一番たやすく、そして努力と辛抱がいることでした。

歩くことがしばらくして速歩きに変わり、仲間もできて五年が過ぎました。一年間を通じ早朝五時の出発です。一時間七千歩、挫けそうにもなりましたが、自分の足で歩ける喜びで続けております。さくらが咲く季節が巡ってまいりました。さくら並木の下を花びらをあびながら「ありがとう、ありがとう」と言って歩き続けて行ける幸せを感謝しています。

ただ歩くことのみ今朝の月高し　敦恵

※婦人之友社刊「明日の友」一九九〇年夏号（七月一日発行）〃毎日毎日欠かさない　投稿九篇〃中の一篇

注・川柳掲載誌について

「五駄会川柳　老眼鏡」……昭和五十一年創刊の年刊同人誌で、月例句会の結果をまとめたもの。五駄会は昭和四十八年、川越市新宿町五丁目の老人クラブ・新五寿会の中で文芸活動の一環として結成された川柳サークル。延べ会員は四十数名。主宰は城崎さち氏（故人）。日本川柳協会（現・全日本川柳協会）常任理事・初雁川柳会代表（当時）の山崎涼史氏（故人）を選者として招いていた。
　第三集から付いた〝老眼鏡〟の名称は、あつ恵案の採用。第十四集が発行された平成元年までの活動。

「偕行」……公益財団法人偕行社（主に元陸軍将校、元陸上自衛隊幹部自衛官およびその家族が所属する親睦・研究団体）が発行する定期刊行誌。川柳教室への投句時期は、昭和五十一年〜平成十三年。この間、川柳家の会員、松尾新一氏（故人）、続いて石井清勝氏（故人）が選者となっていた（平成十二年三月号以降は委員数名による選句）。

一部の秀句はベテラン会員に選抜依頼されることがあった（あつ恵も選者の経験あり）。本書の筆名は、ここでの投句に準じた。

「観光新聞」……観光新聞社発行の旬刊紙。兵庫県姫路市とその周辺の観光情報を紹介。昭和五十年～五十三年の〝観光川柳〟欄への投句。福増立王氏の選。筆名は清水紅園（こうえん）。

略歴

清水あつ恵（本名・敦江）

大正五年　京都府向日町（むこうまち）に生まれる。

昭和九年　長崎県立佐世保高等女学校卒業。

昭和十二年　結婚。三人の子をもうける。

昭和四十三年　埼玉県川越市に転居。積極的な川柳投句、

油絵・日本画の美術展への出品を始める。

平成二十四年四月五日　自宅にて永眠。満九十五歳。

著者写真

万歩計　川柳1000句集

二〇二二年（令和四年）一二月一五日　発行

著　者――清水あつ恵
著作権継承者　清水賢治

編　者――清水賢治

発行者――田村雅之

発行所――砂子屋書房
東京都千代田区内神田三―四―七（〒一〇一―〇〇四七）
電話　〇三―三二五六―四七〇八　振替　〇〇一三〇―二―九七六三一
URL　http://www.sunagoya.com
印刷――長野印刷商工　製本――渋谷文泉閣